Agradecimientos especiales
a Karen King

Para Caitlin con amor

SECRET KINGDOM.
EL ARRECIFE DE LAS SIRENAS

Título original: *Secret Kingdom. Mermaid Reef*

© 2012 Hothouse Fiction Limited (texto)
© 2012 Orchard Books (ilustraciones)
© 2012 Rosie Banks
©2013 Julián Aguilar (traducción)

Publicado originalmente en 2012 por Orchard Books,
una división de Hachette Children's Books de Hachette UK Company.

D.R. © Editorial Océano, S.L.
Milanesat 21-23, Edificio Océano
08017 Barcelona, España
www.oceano.com

D.R. © Editorial Océano de México, S.A. de C.V.
Eugenio Sue 55, Polanco Chapultepec
Miguel Hidalgo, 11560, Ciudad de México
www.oceano.mx
www.oceanotravesia.mx

Primera edición: 2017

ISBN: 978-607-527-107-1
Depósito legal: B 8313-2017

IMPRESO EN ESPAÑA / *PRINTED IN SPAIN*

9004277010417

El Arrecife de las Sirenas

ROSIE BANKS

OCEANO Travesía

Índice

Un mensaje en la escuela

—¡Me muero de hambre! —gritó Abril Pianola cuando se reunió con sus amigas Rita Miró y Paula Costa en la mesa que ocupaban habitualmente en el comedor de la escuela.

—Te apartamos un lugar —sonrió Paula—. ¿Dónde estabas?

—Se me había olvidado la cinta del pelo en clase —les dijo Abril.

En la escuela todos llevaban el mismo suéter azul marino, una camiseta blanca y unos pantalones o una falda de un color gris aburrido, pero Abril siempre intentaba mejorar un poco su uniforme. Ella siempre usaba algún toque de color o una linda peineta para recoger su melena oscura. Y ese día llevaba una cinta de color rosa brillante a juego con su mochila.

Cuando Abril sacó la comida de la mochila, vio que en el fondo relucía una luz brillante y resplandeciente que le era familiar...

—¡La Caja Mágica! —susurró Abril.

—¿Qué pasa?

Rita se quedó sin aliento y, de la emoción, casi volcó su bebida. ¡La Caja Mágica nunca les había enviado un mensaje cuando estaban en la escuela!

La caja parecía un bonito joyero de madera. Tenía una tapa curvada con un espejo rodeado por seis piedras brillantes y los lados estaban cubiertos con grabados de hadas y otras criaturas mágicas.

Las tres amigas la guardaban por turnos, pero en realidad la caja pertenecía al rey Félix, el gobernante de un maravilloso lugar llamado Secret Kingdom.

Secret Kingdom era una tierra mágica llena de unicornios, sirenas, duendes y elfos. Pero tenía un problema terrible. Cuando el rey Félix fue elegido por sus súbditos como gobernante del reino, su horrible y desagradable hermana, la reina Malicia, se enojó tanto que lanzó seis rayos hechizados para destruir los lugares más maravillosos del reino. Su objetivo era que todos los habitantes del lugar fueran tan miserables como ella.

El rey Félix envió la Caja Mágica a las únicas personas que podían ayudarle a salvar el Reino: ¡Abril, Paula y Rita! Las chicas ya habían ayudado al rey y a su hada, Trichibelle, a destruir tres de los horribles rayos, pero parecía que las necesitaban otra vez.

—Tendremos que acabar de comer cuando regresemos —dijo Rita mientras corrían hacia los baños de las chicas para que nadie se diera cuenta de que se habían ido.

El tiempo se detenía mientras estaban en Secret Kingdom, pero si desaparecían en el comedor de la escuela la gente lo notaría.

Cerraron la puerta del baño y se colocaron alrededor de la caja.

—¡El enigma está apareciendo! —susurró Paula.

Todas miraron entusiasmadas las palabras que se empezaban a formar en el espejo:

¡Otro rayo parece estar cerca
búsquenlo de manera terca
en el fondo de la mar
donde nadan los peces
y los demás pueden bucear!

Rita leyó lentamente la rima.

—¿Qué crees que significa esto?

Abril frunció el ceño.

—Bueno, tendremos que mirar en el mar...

De repente, la Caja Mágica brilló otra vez y la tapa se abrió por arte de magia, mostrando los seis pequeños compartimentos del interior. Tres de los espacios ya estaban ocupados por los maravillosos regalos que les habían entregado en Secret Kingdom.

Contenía un mapa mágico que se movía y les mostraba todos los lugares del Reino, un pequeño cuerno de unicornio de plata que les permitía hablar con los animales y un cristal brillante con el que las chicas podían elegir el clima a su gusto.

—Quizá el mapa nos dará una pista —dijo Abril. Con mucho cuidado lo sacó de la Caja Mágica y lo abrió. Era como si pudieran ver Secret Kingdom desde arriba, como si las niñas realmente estuvieran mirando el Reino desde el cielo.

—Mira —dijo Abril, señalando el mar aguamarina. Las olas se movían suavemente hacia la orilla, había peces de colores jugando en el agua y una chica muy guapa estaba peinándose sentada en una roca. Cuando Rita, Paula y Abril la miraron, la chica se lanzó al agua. ¡Abril se quedó sin aliento cuando vio que en lugar de piernas la chica tenía una cola brillante!

—¿Vieron eso? —gritó a sus amigas, que asintieron con entusiasmo—. ¡Es una sirena!

Los ojos de Paula no podían estar más abiertos.

—¡Claro! Donde nadan peces y los demás… ¡Tenemos que ir a ayudar a las sirenas!

Paula se inclinó de nuevo sobre el mapa y vio que la sirena estaba nadando hacia una ciudad submarina. Rita levantó el mapa y miró el nombre del lugar.

—Arrecife de las Sirenas —leyó—. Éste es el lugar al que tenemos que ir.

Abril y Paula estuvieron de acuerdo, y las tres amigas pusieron rápidamente los dedos sobre las piedras de la Caja Mágica.

Paula sonrió a las otras dos y dijo en voz alta la respuesta al enigma:

—El Arrecife de las Sirenas.

Las piedras verdes brillaron y una luz que salió del espejo se proyectó sobre las paredes. Luego un relámpago dorado salió de la caja y apareció Trichi, ¡dando vueltas en el aire como una bailarina! Su pelo rubio estaba más despeinado que de costumbre, pero lucía una enorme sonrisa y sus ojos azules brillaban de felicidad mientras hacía equilibrios sobre su hoja.

—¡Hola, Trichi! —exclamó Rita, feliz, mientras el hada volaba graciosamente ante las chicas.

—¡Hola! —dijo Trichi, sonriendo—. Madre mía, ¿dónde estamos?

—¡Estamos en la escuela! —le dijo Abril.

—¡Oh! —exclamó Trichi mientras volaba

sobre su pequeña hoja—. No imaginaba que las escuelas del otro reino fueran así. ¿Dónde se sientan?

Las chicas se rieron.

—Esto no es el salón de clase —le explicó Paula—. Es el baño. Teníamos que asegurarnos de que nadie nos viera desaparecer.

—Claro, qué boba soy —sonrió Trichi, pero luego su rostro adquirió una expresión de preocupación—. ¿Saben dónde está el próximo rayo de la reina Malicia?

—Creemos que sí —le dijo Rita—. Pensamos que puede estar en un lugar que se llama el Arrecife de las Sirenas.

—Entonces tenemos que ir allí ahora mismo —exclamó Trichi—. Las sirenas necesitarán nuestra ayuda.

—¡Vamos con las sirenas! —gritó Paula, mientras saltaba entusiasmada.

Trichi rio, golpeó su anillo y dijo:

La reina malvada va a atacar
¡Ayudantes valientes,
empiecen a volar!

Mientras decía estas palabras, un mágico remolino rodeó a las chicas y empezó a girar a su alrededor.

—¡Guau! —gritó Paula mientras el viento mecía su melena rubia—. ¡A la aventura!

Unos segundos más tarde, el torbellino las dejó sobre una roca verde lisa en medio del mar aguamarina. Las chicas estaban encantadas de llevar, otra vez, sobre sus cabezas sus brillantes diademas, ¡aunque todavía llevaban puestos los uniformes escolares!

Abril miró a su alrededor sorprendida.

—Pensaba que viajaríamos al fondo del mar —le dijo con una mirada confundida a Trichi.

—¡Pues allá vamos! —dijo Trichi con una sonrisa mientras aterrizaba a su lado en la roca, tomó su hoja y la puso bajo su sombrero de flor.

De repente, el suelo se puso a temblar bajo sus pies.

—¿Qué está pasando? —preguntó Rita, alarmada.

Las chicas miraban nerviosas cómo el agua empezaba a moverse, mientras algo grande y oscuro salía de las profundidades.

Súbitamente, una enorme cabeza verde apareció fuera del agua. Rita y Abril se quedaron sin aliento y cerraron los ojos asustadas, pero Paula se puso a reír.

—¡Miren! —gritó, señalando la cara del animal. La cabeza de la criatura se acercó a ellas parpadeando con sus ojos color marrón brillante y les dedicó una sonrisa perezosa.

—No estamos sobre una roca. ¡Es el caparazón de una tortuga marina gigante! ¡La única manera de llegar al Arrecife de las Sirenas es subiendo encima de una amistosa tortuga! —dijo Trichi.

La pequeña hada tocó su anillo y de él salió una corriente de burbujas brillantes que voló alrededor de las chicas, se convirtió en un remolino y luego estalló sobre sus cabezas, envolviéndolas en un halo resplandeciente.

—¡Agárrense bien! —gritó Trichi, señalando la parte superior del caparazón de la tortuga—. Uno... dos...

—¡Trichi, espera! —gritó Abril—. ¡No podemos respirar bajo el agua!

Pero ya era demasiado tarde.

—¡Tres! —gritó Trichi, golpeando su anillo una vez más. Y entonces, con una sacudida, la enorme tortuga se zambulló en las profundidades marinas.

Bajo el mar

Cuando el agua le cubrió la cara, Abril se quedó sin aliento, presa del pánico. Rápidamente cerró la boca y contuvo la respiración.

—¡Mmmmm! —logró decir, moviendo una mano hacia Trichi que estaba agarrada al caparazón de la tortuga.

Trichi soltó una carcajada tambaleándose.

—¡No se preocupen! —explicó—. El polvo de la burbuja con el que las he rociado es mágico. ¡Les permite respirar bajo el agua! ¡Inténtenlo!

La tortuga volvió la cabeza y les mostró una gran sonrisa. Paula y Rita soltaron aire y sonrieron cuando descubrieron que podían respirar con facilidad. Miraban emocionadas el mundo que las rodeaba mientras la tortuga avanzaba suavemente por el agua.

—Esto es increíble —exclamó Rita

mientras pasaban al lado de una medusa azul
que movía sus tentáculos para saludarlas.

Paula se puso a reír cuando las palabras
salieron de la boca de su amiga en forma
de pequeñas burbujas, pero Abril ni siquiera
sonrió. Ella todavía tenía la boca bien
cerrada y sus mejillas estaban hinchadas
por el esfuerzo de contener la respiración.

—¡Abril, mira! —sonrió Paula y señaló
un grupo de delfines que pasaba por allí.

Los ojos de Abril brillaron cuando vio
a los delfines nadando, pero mantuvo su
boca bien cerrada.

—De todas formas, Abril —le dijo Paula
para tranquilizarla—, estás respirando por
la nariz.

Abril soltó el aire y mientras una gran
burbuja salía de su boca se puso a reír.

—¡No me había dado cuenta!

—Parecías un pez globo —bromeó Rita.

Todas se agarraron con fuerza al caparazón mientras la tortuga nadaba hacia las profundidades. Pronto pudieron ver una bonita ciudad submarina sobre el arenoso fondo marino. Pequeñas casas con torres de delicado coral y techos de perlas asomaban entre las algas y las rocas. La ciudad estaba rodeada por un hermoso arrecife de coral y en la parte superior de éste se levantaban las torres de un castillo.

La tortuga se volvió bruscamente y señaló hacia abajo con una de sus aletas.

—Esto debe de ser el Arrecife de las Sirenas —suspiró Rita.

La tortuga asintió con su gran cabeza y se detuvo suavemente.

—Tendremos que nadar el resto del camino —les advirtió Trichi.

—¡Gracias por el descenso! —le dijo Paula a la tortuga mientras las chicas bajaban del gran caparazón verde.

La tortuga hizo un gesto de despedida con la cabeza y se fue nadando hacia la superficie.

—¡Vaya! —se rio Rita mientras se balanceaba, moviendo los brazos—. ¡Esto es divertido!

Abril fue hasta el fondo para pisotear la arena.

—Es como estar en la playa —bromeó.

Trichi y las chicas nadaron felices hacia la ciudad, persiguiéndose y jugando entre las plantas marinas y las rocas.

Paula se sorprendió cuando vio un pequeño caballito de mar de color rosa entre las algas, con su delicada cola enroscada alrededor de un largo tallo.

—¡Paula otra vez se ha hecho amiga de un animal! —bromeó Rita mientras nadaba hacia ella. Ya sabía que a Paula le gustaban todos los animales, y ella y Abril estaban acostumbradas a que acariciara a los gatos, perros, cabras y conejos que encontraba. Pero nunca se había hecho amiga de un caballito de mar.

—Oh, ¡es adorable! —dijo Abril mientras el caballito flotaba—. Pero no creo que esté acostumbrado a ver seres humanos en el fondo del mar.

—Es tan bonito... —dijo Paula, alargando la mano para acariciar la cabeza del minúsculo caballito de mar.

—¿Yo? —preguntó el pequeño caballito de mar, ruborizándose y adquiriendo un tono de color rosa más oscuro.

Paula se extrañó. El caballito de mar la entendía, ¡y ni siquiera llevaba el cuerno mágico de unicornio!

—Es el polvo de burbuja —le explicó Trichi con una sonrisa—. Su magia les permite disfrutar de toda la vida que hay bajo el agua.

—Hola —le dijo Paula con suavidad—. Me llamo Paula y estas son Abril, Rita y Trichi.

—Me llamo Ros —dijo el caballito de mar mientras la corriente movía sus aletas.

—¿Has notado algo extraño por aquí, Ros? —le preguntó Trichi—. Creemos que uno de los rayos de la reina Malicia podría estar escondido en el Arrecife de las Sirenas. Y podría causar todo tipo de desgracias.

—¡Oh, no! —exclamó Ros, escondiéndose rápidamente entre las algas—. Por todo el océano se comentan las maldades que ha estado haciendo la reina Malicia.

Rita miró hacia las algas.

—No te preocupes —le dijo a Ros—. No permitiremos que suceda nada malo, pero tenemos que llegar a la ciudad y encontrar el rayo.

—Entonces yo les mostraré el camino más rápido para llegar —dijo el pequeño caballito de mar.

Las chicas siguieron a Ros a través del arrecife y pronto llegaron a la entrada, donde un arco de coral conducía a la ciudad submarina. Cuando se acercaron, sonaron unas delicadas campanadas de agua y, de repente,

apareció sobre el arco un tentáculo gigante
con multitud de ventosas.

Las chicas vieron un pulpo enorme que
subía a la parte superior del arco y las
miraba con sus grandes ojos redondos
y brillantes.

Rita se asustó y saltó, pero el pulpo levantó
un tentáculo y las saludó. Entonces se colocó
encima de la entrada para sentarse al lado de

una enorme perla rosa, que descansaba
en una concha de ostra gigante en la parte
más alta del arco.

—¡Es la perla más grande que he visto en
mi vida! —se rio Abril, nadando de espaldas
mientras flotaban bajo la entrada—. ¿Es el
pulpo el que la custodia?

—Sí, es la perla de los deseos —les explicó
Ros mientras nadaban—. Es el objeto más
valioso de todo el océano. Su magia es muy
poderosa y puede conceder cualquier deseo.

—¡Vaya! —gritó Abril—. ¡Me encantaría
hacer realidad un deseo!

—Conocer a una sirena de verdad sería
un deseo hecho realidad —suspiró Rita
mientras nadaban hacia la ciudad, donde
las casitas de concha estaban ocultas entre las
plantas y las algas de colores—. ¡Yo creía
que veríamos alguna!

—Las sirenas pueden hacerse invisibles —le

dijo Trichi—. ¡Así que pueden estar por aquí y simplemente no las podemos ver!

—¿Esto significa que en nuestro mundo también podría haber sirenas? —preguntó Abril, entusiasmada.

—Quizá sí —respondió Trichi con una sonrisa.

Las chicas se miraron sorprendidas.

—Hoy casi todo el mundo está en el Castillo de Coral —les dijo Ros—. Está un poco más adelante. —Con su cola señaló hacia un castillo que se levantaba en el arrecife. Tenía unas altas torres de coral, esculpidas y decoradas con miles de perlas y conchas relucientes.

—Aquí es donde vive Lady Marina, la líder de las sirenas —continuó explicando el pequeño caballito de mar—. Hoy, como cada año, se celebra un concurso de canto llamado Concurso del Sonido del Mar. Todo el mundo estará allí.

—Entonces, ¿qué estamos esperando? —sonrió Abril, moviendo sus pies para empezar a nadar—. ¡Vamos!

Ros las acompañó hasta las enormes puertas del castillo y después las hizo pasar por un pasillo forrado de conchas que las llevó hasta una sala enorme.

Las chicas se miraron asombradas al ver lo que tenían delante. ¡La sala estaba llena de cientos de sirenas y tritones!

Algunos movían sus largas colas de colores brillantes al ritmo de la música. Otros bailaban en el agua.

—¡Son preciosas! —suspiró Paula.

—¡Y hay tantas! —exclamó Rita.

La mayoría de sirenas y tritones estaban sentados mirando con entusiasmo hacia un escenario oculto por unas cortinas de diminutas conchas hilvanadas con finas algas.

—Esta noche tiene lugar la última ronda del concurso —explicó Ros—. Todos los participantes sueñan con ganar y ser conocidos como los mejores cantantes del Arrecife de las Sirenas. ¡Y el ganador puede pedir un deseo a la perla de los deseos! —continuó, brillando por la emoción—. ¡Pueden pedir lo que quieran!

—Me gustaría poder quedarme a ver el espectáculo —suspiró Paula—. Pero tenemos que encontrar el rayo antes de que cause alguna desgracia.

—De hecho, ¡creo que ya lo hemos encontrado! —gritó Rita, señalando un fragmento negro que sobresalía entre el coral.

Todas se acercaron para verlo mejor.

Efectivamente, era la punta negra del rayo de la reina Malicia...

Lady Marina

—¡Oh, no! —exclamó Abril—. ¡La reina
Malicia pretende que no se pueda celebrar
el Concurso del Sonido del Mar!

—¡No lo permitiremos! —aseguró Rita,
colocando sus manos con determinación
sobre su cadera.

—Lo mejor que podemos hacer es buscar
a Lady Marina —dijo Trichi—. Tenemos
que explicarle lo que está sucediendo.

Ros condujo a Abril, Paula, Rita y Trichi hacia el escenario. Y cuando las sirenas y los tritones vieron que las chicas tenían piernas se produjo un gran revuelo.

Al llegar al escenario, Trichi apartó la cortina de conchas para que las chicas pudieran pasar nadando.

—Por aquí —gritó.

Nadaron entre bastidores y pasaron por delante de muchas puertas de camerinos con estrellas de mar pintadas. En la estrella de mar de una de las puertas, escrito con letras brillantes, decía: Lady Marina.

Rita llamó a la puerta y ésta se abrió. Dentro vieron a una hermosa sirena con una larga cabellera

rubia, una tiara de plata, un precioso biquini de conchas y una cola de plata brillante. Junto a ella había otra sirena joven con el pelo rojo, que la miraba con preocupación.

—Puedes hacerlo —dijo Lady Marina, consolando a la sirena—. No pienses en el público. Tú mírame y concéntrate en tu canto.

—Lo intentaré, Lady Marina —dijo la sirena, sonriendo nerviosamente.

La joven sirena salió nadando por la puerta y pasó delante de Rita, Paula y Abril. Lady Marina se dio la vuelta y las vio allí flotando.

Sus ojos de color azul brillante se abrieron con sorpresa.

—¡Las visitantes del otro reino! —dijo—. ¡Qué maravilloso! —añadió, mientras aplaudía de alegría.

En ese momento vio a Trichi y Ros nadando junto a las chicas y sonrió.

—¡Trichi! Estoy encantada de volver a verte. ¿Está contigo el rey Félix? Prometió que vendría a ver la final del Concurso del Sonido del Mar.

—Me temo que todavía no, Lady Marina —respondió Trichi—. Pero estoy segura de que estará en cuanto empiece.

Entonces Trichi se volvió hacia las chicas.

—Éstas son Paula, Rita y Abril. Son las chicas humanas que nos han estado ayudando a detener la miserable magia de la reina Malicia. Y mucho me temo que ahora la reina intentará arruinar el Concurso del Sonido del Mar.

—Hemos encontrado uno de sus rayos en la sala de espectáculos del castillo —añadió Rita.

—¿Ha pasado algo malo en la ciudad? —preguntó Abril.

Lady Marina negó con la cabeza, mirando confundida.

—No, todo está bien. Los ensayos han salido bien y el espectáculo está casi a punto de empezar.

Las chicas se miraron extrañadas. El miserable rayo de la reina Malicia, hasta ahora, siempre había causado problemas.

Estaba claro que la horrible reina estaba tramando algo.

—Quizá deberíamos averiguar si los demás jueces han notado algo extraño —sugirió Lady Marina—. Los llamaré —dijo mientras tomaba un caracol de su tocador y se lo acercaba al oído.

—En nuestro mundo usamos los caracoles para oír el mar —dijo Rita cuando Lady Marina murmuró algo dentro de la concha.

—Funcionan mejor bajo el agua —dijo Trichi—. Se puede hablar de un caracol a otro. Las sirenas y los tritones los usan para hablar entre ellos.

—¡Como si fuera un teléfono! —dijo Abril.

—Llegarán en un minuto —les dijo Lady Marina dejando el caracol—. Yo estaba a punto de tomar un té dulce de algas y unos sándwiches de pepino de mar —continuó.

—¿Quieren un poco? —les dijo señalando una bandeja hecha con una concha llena de tazas, que eran caparazones diminutos, y pequeños bocadillos triangulares.

—No estoy muy segura de que me guste el té de algas —susurró Rita a Abril y a Paula.

—Yo tampoco —murmuró Abril.

Paula vio que Lady Marina las miraba, así que, educadamente, tomó un sándwich. ¡Era un sándwich de auténtica arena!

—No se preocupen —susurró Ros con una risita—. ¡Está riquísimo!

Paula dio un pequeño mordisco al sándwich. ¡Era dulce y crujiente, y tenía un sabor delicioso!

—¡Buenísimo! —asintió con la boca llena.

—¡Perfecto! —gritó Abril, entusiasmada, tomando un sándwich—. ¡No hemos tenido tiempo de acabar de comer y me muero de hambre!

Un par de minutos más tarde llegaron dos sirenas de gran belleza y un tritón muy guapo. Las largas cabelleras de las sirenas caían sobre sus hombros y sus biquinis estaban hechos con conchas de ostras.

Una de ellas tenía una cola dorada y la de la otra era de un brillante color lila. El tritón tenía el pelo oscuro, los ojos cafés y una cola verde. Y cuando sonreía mostraba una hilera de deslumbrantes dientes blancos como perlas.

—Chicas, ellos son Cordelia, Lidia y Telé —dijo Lady Marina señalando a las sirenas y al tritón.

—Encantada de conocerlos —dijo Paula con una sonrisa.

—Jueces, ellas son Paula, Abril y Rita —continuó Lady Marina, señalando a las chicas—. Son seres humanos —les susurró a los jueces.

—¡Oh, miren sus piernas! —gritó Cordelia mientras nadaba hacia ellas.

Las chicas se sintieron algo incómodas ante

el glamuroso tritón, especialmente porque todavía llevaban los uniformes de la escuela, pero tanto las sirenas como él, parecían estar encantados de conocerlas.

—¡Siempre he querido ver a un humano de verdad! —exclamó Lidia.

—¡Encantado de conocerlas! —sonrió Telé.

Cordelia y Lidia se acercaron nadando para abrazar a Paula y a Abril; y Telé saludó a Rita estrechándole la mano.

Cordelia estaba muy emocionada y comparaba su cola con las piernas de Paula, mirando sus pies y haciéndole cosquillas en los dedos.

Paula se rio y tocó tímidamente la cola lila de la sirena. Estaba cubierta de pequeñas escamas, como un pez, pero era suave y elegante. Paula se inclinó para ver una de las grandes aletas de Cordelia, pero de repente se oyó un fuerte trueno y la sirena desapareció entre una nube de burbujas.

Desaparecidos

—¡Oh, no! —exclamó Paula—. ¿Qué he hecho?

—No has sido tú —la tranquilizó Trichi—. ¡Los otros jueces también han desaparecido!

—¿Qué ha pasado? —jadeó Lady Marina—. ¿Dónde han ido?

—¿Se han hecho invisibles? —preguntó Abril.

Lady Marina negó con la cabeza.

—No, si fuera así, yo los podría ver. ¡Han desaparecido completamente!

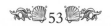

—Intentaré utilizar la magia para hacerlos volver —dijo Trichi. Golpeó el anillo, pero no pasó nada. Y la pequeña hada sacudió la cabeza con tristeza—. Mi magia no funciona y sin duda eso tiene algo que ver con el rayo de la reina.

—¡Pero el concurso está a punto de empezar! —exclamó Lady Marina moviendo su cola con ansiedad—. ¿Qué haré sin mis jueces?

Justo en ese momento una línea de burbujas empezó a salir del caracol. Lady Marina lo tomó y se lo puso en la oreja. Escuchó durante unos segundos y luego se volvió hacia las chicas.

—Hay un barco muy peculiar fuera del castillo —les dijo—. ¿Quizá tenga algo que ver con el rayo de la reina Malicia?

—Vamos a comprobarlo —dijo Abril, nadando hacia la ventana, que en lugar de cristales tenía unas grandes burbujas.

Cuando miraron al exterior, vieron un submarino pintado de azul y blanco que se movía hacia atrás sobre la arena. A través del ojo de buey se podía ver, sentado en su interior, a un hombre pequeño y redondo, de pelo blanco y barba larga que miraba a través del periscopio con expresión confusa.

—¡Es el rey Félix! —suspiró, aliviada, Paula.

—¡Mira! —sonrió Rita—. ¡El periscopio del submarino sale por debajo, no por arriba!

Trichi sonrió.

—Otro de sus desastrosos inventos
—murmuró.

Trichi golpeó el anillo y al instante el
periscopio se situó en el lugar correcto y el
rey Félix pudo ver cómo todos lo saludaban.

El submarino se detuvo y el rey salió
nadando con sus gafas de media luna
torcidas sobre su nariz. Llevaba un traje
de neopreno, azul rey, con un modelo de
corona de oro encima. Su verdadera corona
estaba en equilibrio en la parte superior
de un gran casco redondo de buzo que
parecía una pecera boca abajo.

Trichi nadó hacia él, le ayudó a quitarse
el casco y le lanzó algunas burbujas moradas
para que pudiera respirar.

El rey Félix dio un enorme estornudo
y sus lentes salieron volando de su nariz
hasta la arena.

Lady Marina los tomó y se los entregó.

—Bienvenido al Arrecife de las Sirenas, Majestad —dijo—. Estamos muy contentos de que haya venido a ver el espectáculo.

—Estoy deseando que empiece —respondió el rey Félix mientras se colocaba los lentes—. Hola, chicas —dijo, sonriendo a Rita, Paula y Abril—. ¿También han venido a ver el espectáculo?

—Han venido a buscar otro de los rayos de la reina Malicia —dijo Trichi—. ¡Y no habrá espectáculo a menos que encontremos a los jueces! El rayo los ha hecho desaparecer.

—¡Oh, madre mía! —suspiró el rey Félix, muy preocupado.

—¿Por dónde tenemos que empezar a buscar? —preguntó Rita.

—No creo que debamos buscarlos —dijo Paula antes de ruborizarse al darse cuenta de que todo el mundo la miraba fijamente—. Es decir... bueno... en el Valle del Unicornio y en la Isla de las Nubes, las cosas volvieron a la normalidad cuando rompimos el hechizo de la reina Malicia —señaló—. Y ahora ella está intentando estropear el Concurso del Sonido del Mar. Así que si impedimos que su magia arruine el concurso, los jueces volverán a aparecer.

—Oye, tienes razón —dijo Rita.

—Además, los jueces podrían estar en cualquier lugar de Secret Kingdom

—añadió Abril—. Podríamos pasar años buscándolos por todo el reino.

—Tiene sentido —dijo Trichi—. La reina Malicia sólo los quiere mantener apartados para fastidiar el concurso.

—Pero si los jueces no están aquí, realmente fastidiará el concurso —replicó Lady Marina con tristeza.

—¿No podría ser el juez otra persona? —preguntó Rita—. ¿El rey Félix, por ejemplo?

—Bueno... me encantaría ayudar, claro —tartamudeó el rey—. Pero no creo que sea de mucha utilidad. ¡Soy sordo y, de música y canto, no sé nada!

—Yo conozco a alguien que sí sabe: ¡Abril! —sugirió Trichi—. Rita diseña una ropa fantástica, ella podría valorar los vestidos. Y Paula puede valorar las letras de las canciones.

Las chicas la miraban boquiabiertas.

—¿Nosotras? —gritó Paula.

—¿Por qué no? —preguntó Trichi—. ¡Lo harán muy bien! —asintieron el rey Félix y Ros.

—Qué idea más espléndida —dijo con aprobación Lady Marina—. ¡Y justo a tiempo, porque el concurso está a punto de empezar! ¿Quieren ayudarnos?

—¡Claro! —exclamaron las tres chicas a la vez.

Lady Marina sonrió y las llevó al escenario.

—¡No puedo creer que vaya a ser juez en un concurso de canto de sirenas! —gritó Abril.

Pero cuando vieron a todas las sirenas y a los tritones esperando a que empezara el espectáculo, incluso Abril empezó a ponerse nerviosa.

—No estoy muy segura de esto —le susurró Paula a Rita—. Todos esperan ver a tres glamurosos jueces. ¿Qué pensarán de nosotras con los uniformes escolares?

—Esto lo puedo arreglar yo —dijo Trichi. La hadita dio unos golpecitos a su anillo y, al instante, los uniformes escolares de las chicas se transformaron en hermosos vestidos. Paula llevaba un vestido largo de color amarillo, decorado con lentejuelas plateadas, Abril vestía un *top* brillante de color rosa, pantalones negros y botines plateados, y Rita llevaba un vestido reluciente de color verde esmeralda con remolinos de color púrpura. Las joyas de sus diademas brillaban y reflejaban los colores de sus vestidos.

—¿Vamos? —dijo Trichi muy satisfecha.

—Están muy guapas —susurró Ros, tímidamente.

Abril, Rita y Paula estaban encantadas. Ahora sí que estaban impacientes, porque el

espectáculo estaba
a punto de
empezar.

Las chicas
avanzaban
entre
bastidores
mientras
Trichi, Ros
y el rey Félix
nadaban entre el
público para ir hasta
sus asientos.

Finalmente, las cortinas de conchas se
abrieron y Lady Marina nadó hacia el centro
del escenario.

—Sirenas y tritones —anunció—. Este
año tenemos unas invitadas muy especiales,
vienen desde el otro reino. Ellas serán las
jueces del Concurso del Sonido del Mar.

Se oyeron exclamaciones y gritos entre el público. Lady Marina se dio la vuelta para indicar a las chicas que subieran al escenario.

—¡Les presentamos... a Paula, Abril y Rita!

Las chicas sonrieron entusiasmadas. ¡Había llegado el momento!

El sonido del mar

El público murmuró mientras las chicas nadaban.

—¡No tienen colas! —susurró un tritón, sorprendido.

—La gente del otro reino tiene piernas, bobo —contestó la sirena que estaba sentada junto al tritón.

Paula, Abril y Rita se sintieron muy importantes. Todo el mundo murmuraba y las miraba, y algunos tritones y sirenas se levantaban de sus asientos para poder ver mejor las piernas de las humanas.

Las chicas sonrieron y saludaron con la mano cuando ocuparon su lugar en el escenario.

Cuando se sentaron, las cortinas de conchas se volvieron a abrir y Lady Marina anunció al primer concursante, una sirena de cabellos dorados llamada Nerisa, que vestía un bonito biquini de algas que cubría su cola azul brillante. Durante unos segundos, Nerisa titubeó nerviosa y a Paula le conmovió. Sonrió para animarla y la sirena le devolvió la sonrisa y empezó a cantar.

Nerisa cantó una canción conmovedora sobre una vieja y solitaria bruja de mar. Mientras cantaba, las lágrimas rodaban por

sus mejillas y se transformaban en perlas
preciosas que flotaban a su alrededor.
Cuando la canción terminó, las perlas
brillantes fueron cambiando de color y, antes
de desaparecer, pasaron del blanco al rosa
y del rosa al dorado.

El público aplaudió y vitoreó, golpeando con sus colas el fondo del mar. Paula, Abril y Rita se levantaron para ovacionar a Nerisa.

La sirena saludó y lanzó besos a la audiencia antes de salir nadando del escenario.

—¡Ha sido fantástico! —exclamó Rita volviendo a sentarse—. ¡Su traje era precioso!

—Cantaba tan bien que a mí también me ha hecho llorar —añadió Paula mientras se secaba las lágrimas de los ojos.

—Ha sido una actuación excelente —estuvo de acuerdo Abril, que se estaba tomando muy seriamente su responsabilidad como juez.

—¡A continuación, les presentamos a Atlanta! —anunció Lady Marina.

Y una preciosa sirena pelirroja con una cola brillante de color lila y un alga azul en la parte superior, apareció en el escenario acompañada por cuatro peces ángel, blancos, con largas colas atadas con bonitos lazos de color lila. Bailaban al alrededor de la sirena mientras ella cantaba una tierna melodía sobre un pequeño pez que no podía encontrar el camino a casa y que, al final, era rescatado por una sirena.

A Paula le encantó ver bailar a los peces ángel al ritmo de la canción y aplaudió con entusiasmo cuando hicieron una reverencia.

El siguiente concursante fue un hermoso tritón llamado Orcán, que tenía el pelo rubio y una elegante cola plateada. Cantó una canción conmovedora que hizo que incluso el mar pareciera más tranquilo. A media actuación, las chicas oyeron el sonido lejano del canto de una ballena que parecía responder al tritón.

Las chicas escuchaban asombradas cómo el canto de la ballena se hacía cada vez más fuerte. Se produjo un murmullo de entusiasmo y entonces Abril se dio la vuelta y tuvo que contener el aliento. ¡A través de la ventana vio un ojo enorme!

Era una ballena azul gigante que cantaba con Orcán, convirtiendo la canción en un dueto mágico.

—¡Esto es increíble! —dijo Paula, aplaudiendo cuando la ballena le sonrió.

El público estaba muy emocionado y todo el mundo empezó a golpear con las colas en el fondo del mar mientras el tritón hacía una reverencia y salía del escenario.

—¡Brillante! —declaró Abril—. Todos lo hacen tan bien que no sé cómo vamos a elegir un ganador.

Finalmente Nerín, la última concursante, subió al escenario. Era una pequeña sirena vestida con un traje larguísimo de seda roja que le cubría casi toda la cola.

Su voz sorprendió a todo el mundo. Era tan potente que hizo que las olas azotaran violentamente el castillo.

A medida que las notas se hacían más y más agudas, las olas se estrellaban contra el agua de la sala, meciendo al público de un lado a otro.

—¡Oh, estoy mareada! —exclamó Rita agarrándose a su asiento.

—Su voz tiene que ser muy poderosa para hacer chocar las olas de esta manera —dijo Abril, admirada.

De repente, el mar se oscureció.

—Esto no tiene nada que ver con la canción, ¿verdad? —susurró Abril a Rita, que negó con la cabeza.

La voz de Nerín se fue apagando a medida que el agua se oscurecía y se hacía más densa.

—¿Qué es esto? —preguntó Paula, señalando hacia las ventanas de burbuja.

Una forma oscura pasaba por encima de las ventanas. A medida que se acercaba, las chicas vieron que se trataba de un gran barco negro con un ancla en forma de rayo.

—¡Es el barco de la reina Malicia! —gritó, alarmado, el rey Félix.

Paula sintió un escalofrío cuando unas figuras oscuras con el pelo de punta y alas de murciélago abandonaron el barco y, una tras otra, saltaron al agua.

—¡Oh, no! —gritó, horrorizada—. ¡Son los duendes de la tormenta!

La perla de los deseos

Cuando vieron a los duendes de la tormenta, el pánico se apoderó de todos.

—Estoy segura de que no tenemos que preocuparnos por nada —les aseguró Lady Marina—. ¡Por favor, mantengan la calma y no muevan las colas!

Los duendes llevaban máscaras con tubos de buceo, y aletas en los pies y las manos. Nadaban juntos, torpemente, y sus aletas tenían que luchar con el agua. Se dirigían hacia el arco de la entrada del arrecife.

—¡Van por la perla de los deseos! —adivinó Paula con un suspiro.

—No se preocupen —dijo Lady Marina con seguridad—. Mi pulpo guardián los detendrá.

Efectivamente, cuando los duendes de la tormenta estaban llegando a la entrada del arrecife, el pulpo apareció en lo alto del arco de entrada, protegiendo la concha de la ostra con sus tentáculos. Todos suspiraron aliviados.

Pero, de repente, un rayo salió disparado como un torpedo del barco de la reina Malicia. Resonó un fuerte estruendo en el agua y el pulpo desapareció entre una nube de burbujas, de la misma manera que lo habían hecho los jueces.

Lady Marina gritó y empezó a nadar hacia el arco, impulsándose rápidamente con su poderosa cola. Trichi y las chicas salieron tras ella, mientras el rey Félix y Ros las observaban horrorizados.

Las chicas nadaban tan rápido como podían, pero sus piernas no lograban seguir el ritmo de la cola de Lady Marina.

—¡No los alcanzará a tiempo! —gritó Abril a las otras mientras nadaban—. ¡Los duendes casi han llegado!

—La perla es muy poderosa —dijo Trichi, volando frenéticamente con su hoja por el agua—. ¡Si la reina Malicia se apodera de ella, seguro que deseará todo tipo de cosas horribles!

Rita dejó de nadar.

—Nunca la alcanzaremos —exclamó—. ¡Pero tenemos que hacer algo!

Los demás se reunieron a su alrededor para intentar pensar qué hacer.

—¿Tu magia podría levantar una gran ola que arrastrara lejos a los duendes? —le preguntó Paula a Trichi.

—Es demasiado peligroso —respondió la pequeña hada—. También podría arrastrar la perla.

—¿Qué me dices de atraparlos? —sugirió Abril—. ¿Podrías usar tu magia para que quedaran atrapados en una concha o en una gran burbuja?

—Eso quizá podría funcionar —dijo Trichi, emocionada.

—Rápido —gritó Rita, mientras el líder de los duendes extendía sus dedos puntiagudos hacia la perla—. ¡Tenemos que hacerlo ahora!

Trichi le dio un toque a su anillo y, de repente, todos los duendes quedaron atrapados en unas burbujas chispeantes de paredes brillantes. Las burbujas flotaban subiendo y bajando llevadas por la corriente, mientras los duendes de la tormenta gritaban y golpeaban las paredes con sus aletas.

—Esto debería darle a Lady Marina el tiempo suficiente para tomar la perla —dijo Trichi—. ¡Vamos!

Lady Marina nadó más allá de las burbujas, mirando sorprendida a los duendes que estaban atrapados. Luego, con un movimiento rápido de su cola se dirigió hasta la perla de los deseos, que aún estaba en la concha de la ostra gigante, encima de la entrada.

—¡Tenemos que ir deprisa! —jadeó Paula, mientras nadaba tras ella—. Las burbujas de los duendes no durarán para siempre. ¡Tenemos que esconder la perla!

—¿Pero dónde la podemos esconder? —preguntó Abril cuando llegó sin aliento.

—No puedes esconderla en ningún lugar —dijo una voz.

Las chicas gritaron horrorizadas cuando la reina Malicia apareció encima de ellas, montada sobre una gigantesca raya negra, y tomó la perla de los deseos de su concha.

—¡Ja! —se rio triunfalmente la reina Malicia—. ¡Es mía y no podrán hacer nada para arrebatármela! ¡Finalmente conseguiré lo que me merezco!

Mientras las chicas la miraban atemorizadas, la reina levantó la perla por encima de su cabeza y dijo:

—¡Deseo ser la gobernante de Secret Kingdom y que todos mis súbditos me obedezcan!

El deseo de la reina Malicia

De pronto se produjo una gran sacudida y el agua ondeó alrededor de las chicas. Paula, Abril y Rita se tomaron de las manos para no caerse. La reina Malicia se reía malvadamente mientras se llevaba las manos a la cabeza para tocar una corona puntiaguda que había aparecido allí. ¡Era la corona del rey Félix!

Uno de los duendes se quitó las aletas

de las manos y clavó sus dedos punzantes en la burbuja, que estalló provocando un fuerte ruido. Los otros duendes hicieron lo mismo y fueron hacia la reina Malicia, vitoreándola y riéndose.

—¡Silencio! —ordenó la reina Malicia, dándose la vuelta para mirar a Lady Marina y a Trichi—. ¡Saluden a su reina! —exigió.

Lady Marina bajó la cola para inclinarse humildemente y Trichi voló al lado de la reina Malicia para hacerle una reverencia.

—¿Cómo puedo servirle, Majestad? —preguntó la pequeña hada con una extraña expresión vacía.

Paula se quedó sin aliento.

—¿Qué está pasando? —les dijo a Abril y a Rita—. ¿Cómo es posible qué Trichi y Lady Marina estén haciendo todo lo que ordena la reina Malicia?

—Es por el deseo —dijo Rita—. Me parece que nosotras somos las únicas que no estamos afectadas.

—No nos afecta porque no somos de Secret Kingdom —dijo Paula—. ¡Y por lo tanto no somos súbditas de la reina!

La reina Malicia se volvió hacia ellas. Y entonces, antes de que Rita o Paula pudieran moverse, Abril se inclinó para hacer una gran reverencia ante la reina.

—Su Alteza Real —dijo, volviendo la cabeza mientras guiñaba un ojo.

Los duendes de la tormenta se rieron.

—¡Basta! —dijo la reina Malicia—. ¡Tendremos mucho tiempo para reírnos de estas niñas entrometidas cuando estén encerradas en mis mazmorras! ¡Ahora, que todo el mundo me siga al barco!

—Sí, mi reina —entonaron Lady Marina y Trichi como si estuvieran hipnotizadas.

—Sí, mi reina —las imitaron las chicas a coro.

La reina Malicia tiró de las riendas y su raya empezó a nadar velozmente hacia el barco. Rita, Paula y Abril siguieron a Trichi, Lady Marina y los duendes de la tormenta.

—Buena idea, Abril —susurró Rita—. Ahora la reina cree que su deseo también nos ha afectado.

—Gracias —dijo Abril—. ¡Pero todavía tenemos que encontrar la manera de detenerla!

Las chicas miraron a la reina Malicia, que estaba cacareando y pidiendo más y más deseos. Vieron cómo les daba una corona y un par de zapatos de diamantes a los duendes para que llevaran el peso. Y después le dio la perla al duende que tenía detrás para que su raya nadara más deprisa.

—Tenemos que recuperar la perla —dijo Paula con determinación—. ¡Antes de que las cosas empeoren!

—Tengo una idea —dijo Rita—. ¡Acompáñenme!

Las tres chicas nadaron hasta donde estaba el jefe de los duendes.

—Qué afortunado eres. ¡Quién pudiera ser sirviente de la reina Malicia! —le dijo Rita al duende con falsa envidia.

—Es un trabajo muy importante.

—Sí —añadió Abril—. A mí me gustaría hacer algo para ayudar a la reina.

El duende parecía complacido.

—¡Oh, tenemos un montón de trabajos que puedes hacer! —se rio, malévolo—. Puedes limpiar los baños de los gnomos, hacer el desayuno de los murciélagos o alimentar a los sapos malolientes.

—¡Oh, gracias! —dijo Abril, actuando como si el duende le acabara de dar un pedazo de pastel de chocolate. Pero sus ojos estaban fijos en la perla que sostenía con sus dedos puntiagudos. Se movía arriba y abajo mientras el duende nadaba, y Abril la tenía tan cerca que casi la podía tocar...

—¡Dense prisa! —gruñó la reina Malicia—. ¿No pueden nadar más rápido? ¡Quiero volver a mi castillo y empezar a provocar el caos en todo el reino!

—¡Sí, su Majestad! —corearon los duendes con obediencia.

—Podría nadar mucho más rápido si no
tuviera que arrastrar este cofre lleno de
joyas... —se quejó en voz baja el duende
que estaba más cerca de Paula. Entonces
la miró y una sonrisa iluminó su cara.

—¡Tengo una idea! —dijo el duende—.
¡Lleva tú el cofre!

El duende dejó alegremente la pesada caja
en los brazos de Paula.

Los demás duendes se rieron cuando vieron
a Paula luchando con el peso del cofre.

—Buena idea —se rio un duende entre
dientes mientras le pasaba una capa de plata y
un gran espejo a Rita—. Tú puedes llevar esto.

—¡Sí! —dijo el jefe de los duendes—.
¡Y esto también!

Y entonces el jefe de los duendes le pasó
la perla de los deseos a Abril.

Abril se quedó sin aliento al ver la perla
de los deseos en sus manos. El duende, de
repente, se dio cuenta del enorme error que
había cometido e intentó recuperarla. Pero
ya era demasiado tarde.

—¡Deseo que todos los deseos de la reina
Malicia se deshagan y se vaya muy lejos
de aquí! —gritó Abril.

—¡Noooooooo! —gritó la reina Malicia,
tratando inútilmente de aferrarse a la corona
del rey Félix mientras un remolino enorme
empezaba a dar vueltas a su alrededor,
alejando la corona de sus dedos.

Los duendes de la tormenta intentaron quitarle la perla a Abril, pero también fueron absorbidos por el torbellino.

—¡No han ganado! —gritó la reina Malicia mientras era absorbida por el agujero acuoso—. ¡Conseguiré todo lo que es mío! ¡Un día gobernaré el reino! ¡Esperen y verán!

De repente, el torbellino desapareció y las chicas se quedaron flotando junto a Lady Marina y Trichi, que movían la cabeza como si acabaran de despertar de una pesadilla.

Abril fue hacia Lady Marina y le entregó la perla de los deseos.

—Creo que esto les pertenece —sonrió.

Y el ganador es...

—¿Cómo se los podré agradecer? —dijo
Lady Marina, abrazándolas —. ¡Nos han
salvado!

Mientras nadaban hacia el Arrecife de
las Sirenas, Abril, Rita y Paula vieron a las
sirenas y a los tritones que, reunidos fuera
del castillo, esperaban su regreso.

—No se preocupen —gritó Rita mientras se acercaba—. ¡La reina Malicia y sus horribles duendes de la tormenta se han ido!

El rey Félix y Ros nadaron hacia ellas para saludarlas.

—¿Ha perdido esto? —le preguntó Rita al rey Félix, al mismo tiempo que le entregaba su corona.

El rey Félix se dio unos golpecitos en la cabeza.

—¡Oh, madre mía! —exclamó—. Muchísimas gracias.

Ros se acercó a Paula, que extendió su dedo pequeño para que el caballito de mar pudiera enroscar la cola alrededor.

—Sí, gracias —dijo Lady Marina a las chicas, sosteniendo cuidadosamente en sus manos la preciosa perla de los deseos—. Han impedido que la reina Malicia utilice la perla de los deseos y han salvado Secret Kingdom una vez más.

—Aún hay una cosa que no hemos hecho —le recordó Rita—. Todavía tenemos que romper el rayo de la reina Malicia para que regresen los jueces.

Lady Marina, sorprendida, se tapó la boca con las manos.

—¡Estaba tan aliviada de haber recuperado la perla de los deseos que casi me olvido de ello! —jadeó—. ¡Tenemos que terminar el Concurso del Sonido del Mar!

—¡El espectáculo debe continuar! —sonrió Abril.

Lady Marina los acompañó al Castillo
de Coral. Regresaron al auditorio y Abril,
Paula y Rita ocuparon sus sillas de jueces.

Las chicas se reunieron a deliberar.
Todas estuvieron de acuerdo en que
la canción de Nerisa, con las lágrimas
convertidas en perlas, y la de Orcán, el
tritón que había cantado con la ballena,
habían sido las mejores actuaciones. Pero eran
incapaces de decidir cuál era la ganadora.

—Ambos han cantado maravillosamente,
pero creo que Nerisa lo ha hecho mejor
—dijo Abril.

—A mí me han gustado Orcán y la
ballena —dijo Paula.

—Al público les gustaron mucho los dos
—añadió Rita, muy seria—. ¡Ya lo tengo!
—dijo repentinamente.

Y entonces Rita explicó su idea a Paula y
a Abril, y éstas estuvieron de acuerdo con

su amiga. Nadaron hasta donde estaba Lady
Marina y le contaron su idea al oído.

Lady Marina sonrió, luego nadó hacia
el centro del escenario. Se hizo el silencio
entre el público.

—Sirenas y tritones —dijo Lady
Marina—. Hemos visto un concurso
brillante este año y todos los concursantes
se merecen un gran aplauso.

El público agitó la cola y llenó la sala de
aplausos. Finalmente Lady Marina levantó
la mano pidiendo silencio.

Trichi, el rey Félix y Ros se miraban
entusiasmados mientras esperaban que
Lady Marina anunciara al ganador. ¿Qué
actuación habrían elegido las chicas?

—Rita, Paula y Abril han tomado una
decisión —continuó Lady Marina—. Y...
por primera vez... —Se detuvo y todo el
público contuvo la respiración—. ¡Tenemos

un empate! —declaró—. Los ganadores son Nerisa y Orcán.

Trichi y el rey Félix intercambiaron una amplia sonrisa y el público aplaudió salvajemente cuando Lady Marina puso guirnaldas de anémonas de mar, de colores, alrededor de los cuellos de los ganadores. Luego los condecoró con unas medallas con forma de estrella de mar.

Las algas brillaban intensamente e iluminaban el mar alrededor de Nerisa y Orcán mientras se abrazaban, y a Lady Marina se le escaparon unas lágrimas de felicidad.

De repente, se oyó un fuerte crujido que venía de detrás del escenario.

—¡Suena como si el rayo se hubiera roto! —exclamó Rita.

Se produjo un estallido de burbujas y los jueces aparecieron ante ellos, algo aturdidos.

—¡Han roto el hechizo de la reina Malicia! —vitoreó Trichi.

—¿Nos hemos perdido el concurso? —preguntó Cordelia, preocupada.

Lady Marina les explicó cómo las chicas habían ocupado su lugar y habían impedido que la reina Malicia robara la perla de los deseos.

—¡Oh, gracias! —gritó Cordelia—. ¡Han salvado el concurso!

—¡Nosotras deberíamos darles las gracias a ustedes! —exclamó Rita—. ¡Ha sido un día tan maravilloso que ahora no quiero irme a casa!

—Bueno, hay una cosa más que deben ver —dijo Lady Marina mientras hacía señales a Nerisa y Orcán. Se volvió hacia los cantantes y sonrió.

—Y ahora, ha llegado el momento de que los dos pidan un deseo a la perla —les dijo.

Todos se reunieron alrededor mientras Nerisa y Orcán nadaban ante la perla mágica. Los dos pensaron un momento, y luego

Nerisa se inclinó y le dijo algo al oído a Orcán.

Orcán sonrió y asintió con la cabeza.

—Ya hemos decidido —dijo seriamente.

—Nos gustaría ceder nuestro deseo a Abril, Rita y Paula —dijo Nerisa con una sonrisa—. ¡Después de todo, si no fuera por ellas, la perla de los deseos estaría en manos de la reina Malicia!

Abril, Rita y Paula se quedaron sorprendidas y sin aliento. Nerisa y Orcán les dieron la perla, y las tres amigas pusieron sus manos encima.

—¿Qué pediremos? —preguntó Rita.

—Yo ya sé lo que me gustaría pedir —dijo Paula tímidamente—. ¡Me encantaría saber qué se siente ser una sirena con una bonita cola!

Abril y Rita sonrieron.

—¡Qué buena idea!

—Nos gustaría poder ser sirenas, pero

sólo durante un rato —añadió Abril.

La perla de los deseos brilló intensamente, bañándolas con una luz brillante de color rosa.

¡Rita cerró los ojos, y cuando los abrió, vio que tenía una magnífica cola roja anaranjada que hacía juego con su pelo!

Después miró a Paula y vio que su amiga
tenía una bonita cola de color verde alga,
y Abril, una plateada brillante.

—¡Somos sirenas! —exclamó Rita,
moviendo la cola y dando volteretas
entusiasmada—. ¡Somos sirenas de verdad!

Las chicas pasaron el resto del día
nadando, persiguiendo a las otras sirenas
y jugando al escondite, ¡lo cual era mucho
más difícil cuando se volvían invisibles!

Cuando se acabó el día el deseo se desvaneció y las colas de las chicas volvieron a convertirse en piernas.

—Ahora deberíamos marcharnos —dijo Abril de mala gana.

—¡Pero hemos pasado un día increíble! —añadió Paula.

Lady Marina les dio un abrazo de despedida.

—Yo también tengo un regalo para ustedes —les dijo, mostrándoles una perla preciosa.

Parecía una pequeña versión de la perla de los deseos.

—Esta perla es para agradecerles lo que han hecho —dijo Lady Marina—. La pueden utilizar para volverse invisibles, como hacen las sirenas —dijo mientras se la entregaba a Abril, que rápidamente desapareció.

—Esto es genial —se rio Abril cuando, sin ser vista, les hizo cosquillas a Paula y a Rita.

—No dura mucho rato —les advirtió Lady Marina—. Así que deben tener cuidado cuando la utilicen, pero espero que les ayude a luchar contra la horrible magia de la reina Malicia.

Lady Marina volvió a abrazar a las chicas y luego nadó hacia sus súbditos. Trichi, Ros y el rey Félix también se despidieron.

—Volverán pronto, ¿verdad? —preguntó el rey Félix, preocupado—. Todavía hay dos rayos escondidos en el reino y no seremos capaces de destruirlos sin ustedes.

—Claro que volveremos —dijo Abril—.
Vendremos siempre que nos necesiten.

Las chicas se despidieron de sus nuevos
amigos, mientras Trichi golpeaba el anillo

para crear el remolino que, dando vueltas en torno a ellas, iba a devolverlas al mundo humano.

Unos segundos después, las tres amigas ya estaban de nuevo en el baño de chicas de la

escuela, como si nunca hubieran salido
de allí.

—¡Había olvidado que estábamos en la
escuela! —dijo Rita sin aliento—. ¡Qué
curioso que tengamos que ir a clase de
inglés ahora, después de haber pasado
toda la hora de la comida nadando con
sirenas!

—La hora de la comida aún no ha
terminado, boba —le recordó Abril—.
Es la misma hora que cuando nos fuimos.
¡Es una suerte, porque estoy hambrienta!

—Será mejor que guardemos el regalo
en su sitio antes de ir a comer —dijo Rita,
mostrándoles la Caja Mágica.

La tapa de la caja se abrió y Abril
puso con cuidado la perla en uno de los
compartimentos vacíos.

—Me pregunto a dónde iremos en nuestra próxima aventura —dijo Paula.

—A mí me da lo mismo —se rio tontamente, Rita—. ¡Pero espero que volvamos a ir en horario escolar! ¡Visitar Secret Kingdom es mucho más divertido que estar en clase!

**En la próxima aventura
de Secret Kingdom...,
Rita, Paula y Abril visitan:**

La Montaña Mágica

Aquí tienes una pequeña muestra...

Una aventura nocturna

—¡Soy la reina Malicia! —exclamó
la chica que vestía de negro mientras se
apartaba el pelo largo y oscuro de la cara.

—¡Captúrenlas, duendes de la tormenta!

Dos pequeñas criaturas con alas negras
corrían por la habitación y reían de manera

siniestra. Paula Costa y Rita Miró gritaban y se escondían detrás del sofá. La chica de negro, evidentemente, era su amiga Abril que, vestida con una sábana vieja, agitaba un rayo que había pintado en un trozo de madera. ¡Pero su actuación era tan brillante que parecía que la repugnante reina Malicia estuviera en la habitación!

Los duendes de la tormenta eran Max y Alex, los hermanos pequeños de Paula, disfrazados como si fueran los horribles ayudantes grises, con los dedos puntiagudos, de la reina Malicia. Rita les había puesto unas toallas viejas encima de las camisetas para que simularan las alas de murciélago de los duendes de la tormenta.

Los niños, excitados, gritaban y corrían de un lado a otro de la habitación para capturar a Paula por las piernas, mientras ella intentaba esconderse detrás del sofá.

—¡Te tengo! —se rio Alex.

—Eso es lo que tú crees —dijo Paula riendo, saltándole encima y haciéndole cosquillas.

Rita hizo lo mismo con Max.

—¡Duendes bobos! —les regañó Abril con una voz dramática—. ¿Lo tengo que hacer todo yo? —dijo mientras pinchaba a Paula, bromeando, con el rayo de madera.

—¡Alex, Max! —gritó el padrastro de Paula desde la cocina—. ¡Es la hora del baño!

Paula soltó a Alex y fue hacia la puerta.

—¡Ya van! —gritó—. Lo siento, chicos —dijo a sus hermanos pequeños—. Se acabó el juego.

—Pero yo quiero ser un duende de la tormenta —dijo Max, que tenía tres años, frunciendo el ceño.

—Los duendes de la tormenta no existen, bobo —le respondió Alex, que tenía cinco años.

Paula miró a Abril y Rita por encima de las cabezas de sus hermanos y sonrió. Los niños no sabían que los duendes de la tormenta eran reales, ¡y que vivían en una tierra mágica llamada Secret Kingdom!

Secret Kingdom era un lugar maravilloso lleno de duendes, unicornios, sirenas y todo tipo de criaturas mágicas, pero sus habitantes estaban en peligro.

Un día, no hacía demasiado, las chicas encontraron una caja mágica en el mercadillo de la escuela. Esa caja transportó al rey Félix, el gobernante de Secret Kingdom, y a su hada real, Trichi, al mundo humano.

El rey Félix y Trichi les pidieron ayuda a las chicas para luchar contra la reina Malicia, la malvada hermana del rey.

Cuando el rey Félix fue elegido para gobernar Secret Kingdom, la reina Malicia se enojó mucho y escondió seis rayos terribles que repartió por el reino. La reina había hechizado los rayos para que causaran el caos y dejaran el reino en ruinas.

Abril, Rita y Paula ya habían encontrado cuatro de esos rayos y habían acabado con sus horribles hechizos. Pero, mientras la Caja Mágica no les avisara, ¡lo único que podían hacer era jugar a luchar contra la reina Malicia y los duendes de la tormenta!

Paula, Rita y Abril ayudaron a Max y a Alex a quitarse los disfraces y los mandaron a bañarse. Después las chicas se dirigieron hacia la habitación de Paula para ver una película. Al pasar por el lado de la gran ventana, vieron que afuera estaba oscuro y cubierto de nieve.

—Esta noche quizá volverá a nevar —dijo Abril esperanzada.

—Brrrr —dijo Rita, apartándose los rizos pelirrojos de la cara mientras miraba el sombrío jardín—. ¡Un tiempo ideal para una fiesta de pijamas! —sonrió.

Las tres chicas entraron a la habitación de Paula, que estaba pintada de un suave color amarillo y tenía un montón de pósters de animales colgados en las paredes. Paula se puso su vieja y cómoda pijama de flores amarillas. Rita se puso la suya, verde y púrpura, y luego ambas admiraron los pantalones cortos y el chaleco combinado de Abril, que eran su nueva pijama de puntos rosas.

—¿Qué vamos a ver? —dijo Paula, mirando la montaña de películas.

Pero Abril y Rita no la escuchaban. Habían tomado la Caja Mágica que estaba entre las filas de libros y los montones de muñecos de peluche de la estantería de Paula, y la habían puesto sobre su cama.

La Caja Mágica era del tamaño de un joyero. Los laterales eran de madera grabada con imágenes de criaturas mágicas y tenía un espejo en la tapa curvada, rodeado por seis bonitas piedras de color verde.

—Yo sé lo que me gustaría ver —dijo Rita—. ¡La Caja Mágica brillando!

—¡Y a mí! —coincidió Abril, pasando los dedos sobre los grabados—. ¡Y que apareciera un nuevo acertijo para decirnos dónde está el próximo rayo!

Abril tenía la caja delante y se quedó mirándola, con la esperanza de que apareciera un mensaje, hasta que tuvo que parpadear.

—¡Es inútil! —dijo finalmente—. Pongamos una película.

Paula puso una película, y las chicas reían tanto que la señora Costa tuvo que advertirles que ya era hora de dormir. Después estuvieron hablando bajito durante un rato y, luego,

de una en una se fueron quedando
dormidas.

Paula se despertó de repente a mitad de la
noche, parpadeó medio dormida y miró a
su alrededor para ver qué era lo que la había
despertado.

Rita y Abril estaban acurrucadas en el
suelo, dentro de sus sacos de dormir, y todo
parecía tranquilo. Entonces Paula se dio
cuenta de qué era lo que estaba ocurriendo.
¡Podía verlo todo! En lugar de estar a oscuras,
su habitación estaba iluminada por un tenue
resplandor.

Pero todavía no puede ser de día, pensó.
Luego miró hacia los muebles y su corazón
saltó de emoción. ¡La luz salía de la Caja
Mágica!

De repente se sintió completamente
despierta, saltó de la cama y se arrastró
entre los dos sacos de dormir que ocupaban

la mayor parte del suelo. Con las manos temblorosas dio un codazo a Rita y otro a Abril.

—La Caja Mágica —susurró, cogiéndola—. ¡Está brillando!

Rita y Abril se despertaron y salieron a toda prisa de sus sacos de dormir.

Mientras las chicas se sentaban alrededor de la caja, la luz parpadeaba en sus rostros y las palabras empezaron a aparecer en el espejo de la tapa:

Donde los duendes se deslizan,
no corren,
donde van sobre tablas
para divertirse,
donde las mejillas son rojas
y el aliento blanco,
¡allí es donde hay que ir esta noche!

—¿Duendes haciendo *surf*? —susurró Paula dudando—. Esto explicaría lo de las tablas. Pero no las mejillas rojas y el aliento blanco.

Lee

La Montaña Mágica

para saber qué sigue.

Secret Kingdom

¡Un mundo mágico de amistad y diversión!

**¡Hazte amiga de
Rita, Paula y Abril,
y vive con ellas
increíbles aventuras!**

Las protagonistas

La Reina Malicia

Personalidad:
Malévola, malévola,
¡MALÉVOLA!

Lugar preferido
de Secret Kingdom:
Las horribles mazmorras
del Castillo del Trueno.

Familia:

El rey Félix es su hermano, pero de pequeña prefería jugar con un sapo pestilente.

Color favorito:
Negro

Le gusta:

Hacer infeliz a la gente de Secret Kingdom y soñar que un día ella gobernará el reino.

Encuentra las diferencias

¡Aquí están Paula, Abril y Rita, a punto de empezar una aventura! ¿Puedes encontrar las cinco diferencias entre ambos dibujos?

Solución: a) La trenza de Paula. b) La Caja Mágica ha perdido una joya. c) El pelo de Rita tiene más rizos. d) Las rayas de la manga de Rita han desaparecido. e) Faltan dos mechones del pelo de Abril.

Comparte el secreto.
Coleccónalos

El Palacio
Encantado

ROSIE BANKS

El Valle del
Unicornio

ROSIE BANKS

La Isla de
las Nubes

ROSIE BANKS

El Arrecife de
las Sirenas

ROSIE BANKS

La Montaña
Mágica

ROSIE BANKS

La Playa
Resplandeciente

ROSIE BANKS

Búscalas en:
www.oceanotravesia.com

Busca también
La Isla de las Nubes

¡No te pierdas los próximos
títulos de Secret Kingdom!

Esta obra se imprimió y encuadernó
en el mes de abril de 2017,
en los talleres de Limpergraf S.L.,
que se localizan en la calle Mogoda, n°29,
08210, Barberà del Vallès (España).